PEQUENO TRATADO do AMOR e da NATUREZA

Roberto Nicolato

KOTTER EDITORIAL

coordenação editorial: Sálvio Nienkötter
editor-executivo: Raul K. Souza
editor-adjunto: Daniel Osiecki
capa | projeto gráfico: Paula Villa Nova
produção: Cristiane Nienkötter

Dados Internacionais de Catalogação na Publicação (CIP)
Angélica Ilacqua CRB-8/7057

Nicolato, Roberto
Pequeno Tratado do Amor e da Natureza | Roberto Nicolato -- Curitiba : Kotter Editorial, 2020.
112 p.

ISBN 978-65-86526-17-2

1. Poesia brasileira I. Título

CDD B869.1

20-2048

KOTTER EDITORIAL

Kotter Editorial Ltda.
Rua das Cerejeiras, 194
CEP: 82700-510 - Curitiba - PR
Tel. + 55(41) 3585-5161
www.kotter.com.br | contato@kotter.com.br

Feito o depósito legal
1ª Edição
2020

PEQUENO TRATADO do AMOR e da NATUREZA

Roberto Nicolato

Sumário

I - DO AMOR

II – DA NATUREZA

III – DO HOMEM

I

DO AMOR

BORIS

De que é feita
a imagem de Boris,
se não de amor
incomunicável,
em sua estátua
de silêncio.

De pelo macio,
suave é a sua
compleitura.
Um laço xadrez
o prende ao
pescoço,
pronto a abraçar
quem o procura.

De que é feita
a imagem de Boris,
se não de uma
luta, invisível,
entre amor
e morte.

Se pudesse
dar-lhe a fala.
Olhar resoluto;
virilidade para
impor ao
mundo a sua
doce luxúria.

Arrisca um passo
sobre Baudelaire.
Descontraído,
sobe, derruba
a pilha,
apanha Machado,
os sertões de
Guimarães.

De que é feita
a imagem de Boris,
senão de um
afeto antigo,
presenteado,
imagem
de barro e chuva.
Do chamado da
natureza, que
para sempre
deixou.

De que é feito Boris,
que sozinho
no quarto
se perpetua:
essa imagem de bicho
mirando a sua.

REVELAÇÃO

Revelo esta paisagem,
a cachoeira de topázios imperiais,
onde se instala coração animal
que visita. Dono de trilhas.
A lua que mostro é uma rede
fiada de finos fios,
como um véu de noiva.
Revelo palmeiras, buritis.
Aqui, o Deus da Mata...
Ali, uma pequena cascata de
diamantes. Amantes, eu revelo
este sol (guia dos passos),
esta formação de carbonato.
Esta água, em que
desenhas - pedras primitivas.
O velho rio que renova
e agiganta no teu corpo, ao banhar.
Eu revelo a cor marrom, amarela,
pedras que não medram.
Esse reino antigo.
O ouro que habita,
este chão de vespas.
Estes pássaros são seus
e estas nuvens arredias.

Eu revelo a natureza,
revolta deste rio...
para mergulharem, amantes,
teus corpos aderirem ao sal,
empedrarem.

ESTE AMOR MADURO

Eu, deste amor, me invado
porque desconheço teu modo,
nele, que habito como
um pássaro, de voo incerto.
É como nuvem que
no céu destoa,
chuva próxima que chega e
desaba, lavando sortilégios,
rusgas e outras adivinhações.
É um amor sem juízo, antigo,
tronco de figueira que
atravessa as margens
de um rio cristalino, com seus
peixes multicores, desavisados.
Eu que deste amor sempre
perco a razão de vivê-lo,
e nele retrocedo com um
sentimento puro
das aves de arribação.

Um amor feito de ondas,
que se repete, mas
se reinventa, arrastando
até a areia restos de natureza e
outros seres do além-mar.
É um amor que nunca
me apercebo porque é de
mim já companheiro, irmão
de alma, fruto que do pé se
desprende, na florescência.
É como se nele habitasse,
embora me veja distante e
desapegado. É um amor
sem promessas, futuro,
porque nele já se faz passado.
Eu, neste amor me calo,
porque tudo foi dito sem palavras;
só olhares que antecipam
o gesto, primeiro,
embalando sonhos.
É dele um sentimento maduro,
cristal de quartzo,
vinho de delicado sabor,
que ao tempo resiste; água de chuva
que se recolhe, sem pressa.

É um amor que resiste
ao vento, às tempestades;
névoa de outono, calor dos
trópicos, frio, lã das cobertas
que me aquece o corpo.
Este é o amor que me revela
nas noites solitárias e tristes;
que me contenta, enternece,
para sempre vivido.
Um amor que não se pensa.
E assim se faz, necessário, inocente
e impuro. Este amor maduro.

INSIGHTS

I

Assim meu coração deu
asas à razão.
Só pra confundir...
Só pra amolar.
Amores. Vagas estações
no brilho dos olhos
de ressaca de Capitu.

II

Paisagem interiorana:
homens na calçada.
Mulheres dançam
ao redor do fogo...
É noite!
Estrelas caem do céu,
clara noite no sertão.
Guimarães trouxe a viola,
Zé Beto, os causos,
Diadorim amor pra mim.
Riobaldo, meu brother,
companheiro de quarto.

III

Quem, com teus olhos,
desenhou o voo do pássaro,
o passo lento, a despedida?

IV

Hoje toquei teu ser
ávido de ternura.
Serra de límpido azul.
Porque do coração é esta
a mais pura natureza:
seus olhos ingênuos,
flor do pântano
de múltiplas incertezas.
E que guardo,
como o anjo bom,
da serpente da dúvida.

V

A verdade nos sonhos
é o que procuro.
Em ritmos velozes,
coração que se atrapalha.
Beleza que se fez
ninho para o pássaro
da mais pura alegria.

VI

Azul como o céu
é este sonho que se
espalha pela madrugada,
Busco a verdade no que sou
e não compreendo.
Difícil entender a vida.

VII

Se o amor empreendesse
um encontro com a dúvida...
Mas é de certeza que ele nos leva
a cometer desastres e fortuitas fugas.

NEM TUDO SÃO ROSAS

Ela curvou as patas,
lambeu por instantes
com a língua ácida
o pelo macio,
como um arminho
pronto para ser coroado.
Sinistra, no silêncio
concluso que é seu,
atirou-se contra o vento
em busca de pássaros,
de penas, antes que a
lua surgisse no oceano.
Apresentou-se assim
no mundo em que se organiza
um ser sem mácula,
inocente e inesperada,
e cravou suas unhas no
coração dos homens
como uma roseira
repleta de espinhos.

LUZ

Luz que tange o espaço noturno, se aplaca no fundo do corredor, e molda nesse corpo desenhos banais, que um dia povoou sua boca, meio distraído, como que tudo o convidava, sem receio de parecer ingênuo ou despudorado...

DISTÂNCIA

Há um canto do quarto
para onde convergem
angústias e pegadas
do que não fomos.

Um fio de lã das
cobertas vermelhas;
resto de batom
no chão negro.

É como se nesse
espaço habitassem
todos os beijos e
carícias não dados:
gemidos de uma
noite perdida.

Esquecida no
canto do quarto,
reina na poeira
o licor ardente,
bruxuleante,
quente como língua
– agora e sempre –
longe dos olhos.

TIÊ

Nunca o vi cantar porque o silêncio e a cor
invadem primeiro a visão do pássaro vermelho.
Nem me deixa revelar, ele, que na esperteza
acelera asas e se expande sob o sol, às escusas.
A mim nada resta a não ser apreendê-lo na memória.
Rastros de paixão, amor e morte, não me é dado pensar
o momento que é dele, poderoso,
o pássaro vermelho foge da minha direção.
Se pudesse detê-lo no seu episódio de fuga,
na leveza do seu descuido.
Mas Deus deu-lhe asas e exuberância
para, assim, ofuscar-me a vista. E ele até sabe...
Se pudesse amá-lo só mais um instante,
na contemplação, quando da sua quietude,
naufragar no vermelho e negro de suas asas...
Mas que exposto, o belo não dura...
Se pudesse tocar-lhe com os olhos, ao longe,
mas sei: não é dado às aves raras entregar-se à criatura
e, ele, meu pássaro vermelho, risca o céu assombrado
até se perder, desavisado, entre as nuvens.

ETERNO-SINGULAR

Agora que a água
transmutou-se
a pedra virou ouro
o rio criou sapos
naufragou a serpente
roeu de caule o sabiá
moeu de milho o moinho
a árvore de frutos secou
a brisa desatou em nós...
Agora que tudo foi presságios
que a vida desandou
por caminhos insólitos
que a fruta deixou o galho
o sino tocou a valsa do silêncio
margaridas viraram o rosto ao sol
a lua brilhou nos caminhos de quartzitos
o leão bebeu a sede nos vales
chega esse amor sem fundamento
como estrelas que não se apagam.
Agora que o vento é calmaria,
que a areia repousou
às margens do mar
agora que o índio tocou
a valsa do silêncio

que os peixes dançaram
no convés dos navios submersos
eu te revelo amantes
este espaço infindo
em que reina a paz
e a flor do amanhecer
se abre eternamente.
Agora que a água beijou a areia
eu te revelo esse mistério
que nada tem ao longe e sério
e de tão perto, as pedras do deserto
se juntam ao mar, incompreensíveis,
como tudo que o cerca
– o eterno-singular.

LAPSOS URBANOS

Na rua trafegam:
ônibus resoluto,
máscaras bêbadas,
em rostos pueris.
A viagem ensaia
uma cantiga
no cimento fosco.
Olho no teu olho
Riso farto
apagando imagens:
recordações vis.

Danço solto
no pó do asfalto,
entre raps, rocks
e bolhas de sabão.
Viagem que não faço
na condução em
que trafegas, um aceno,
que eu sei, distante.
Desconheço o endereço,
deito nas engrenagens
amargura, lassidão.
Olhar que espera...

Noutras
direções
cruzam
artérias,
circulares.
Vermelho é
a cor da paixão.
No lapso
do olhar,
fotografado,
o rosto
esquecido...
Ele segue aflito,
nas curvas contorce
– mundo que
me revela,
como tudo ao redor.

O ar gélido
na janela;
o silêncio que reina,
ela, senhora, moça,
irreal,
distraída se afasta
na tarde molhada.

COMUNHÃO

Deixe que o
sol em trevas
trove seu
canto triste.
Permita que
o fogo abrase
seu coração
inerte,
para que
a rosa dos
ventos
gire de
prazer a
a espiral
do destino.

Embale a
lua com o
seu canto.
Nasça três
vezes ao
raiar do dia,
para que
a sombra

dos mares
beije essa luz
nascente.

Mostre a
essência
que adormece
nesse corpo
na manhã das
andorinhas.

Revele seu
beijo na
fotografia
do vento,
nesse filme
arlequinal
de alegorias.

Rompa
com o amor
incandescente
para que tudo
perdure
intenso
e se cumpra
a comunhão
dos corpos.

II

DA NATUREZA

CANTOS DO MAR

I

Eu que me abstraio...
Água forte, derradeira,
apressa e retorna
agora esperada,
para os meus pés
acordarem.

II

O mar é o limite
do que observo.
Sei, há mais pra lá
um vasto caminho
que me esqueço
que de cá posso
pedir socorro e
por todos não
ser ouvido.

III

Se bem-te-vi
tive a sonhar...
Peixes voadores
cortaram o céu.
Repousava olhos
no mar. Depois
a escuridão,
centelhas de vidas.
Tudo, inteiro ao
meu dispor,
antes que fosse
tarde demais.

IV

A corda, o mar...
Silêncio, movimentos.
O barco em arrasto,
o milagre dos peixes.
Na areia da praia,
o menino escreve...
As ondas chegam, sobrepostas,
e roubam o seu diário
de marinheiro, sem rotas...

V

Pelo prazer de voar que sigo nos céus por uma temporada
em que em seus olhos transfiguram a pura eternidade.

Pelo prazer das correntes que navego em busca do peixe que
voa pela noite em que seu brilho abre caminhos no mar.

ÁGUAS DE VERÃO

Águas de verão,
pra que tantas?
Se o solo já se encharcou,
os rios transbordaram
e as ondas, sob
a força dos ventos,
invadiram
a restinga.

E quem assim a fez,
desordem natural,
de um tempo tardio,
que esparge e
invade meu cérebro:
em sonoras intenções.

Água cantando,
chuva intermitente,
no coração que
ouso escutar...
E me atormentam
mais que tempestades.

Chuvas que molham
minha alma. Doçura
do mito, embriaguez.
Águas de pura letargia
nesse dia movediço.

São águas de um
verão tardio,
que encharcam
meus poros.
Canais irrigados
de lembranças...
Presente que
se faz passado...

Chuva que o
outono prenuncia.
O mar é seu instante,
último caminho...

Águas pra
que tantas?
Se os muros
ruíram...
Se meus olhos
inundaram-se
nessa torrente
de desejos
e dúvidas.

O RIO

O rio corre ao mar
Na terra de lavas
Abre caminhos,
Ao acaso.

Como o pássaro,
Destoa no céu.
Destoa na terra
Do ato criador.

Coração
Desgovernado
Se arrasta
Se dilata
No infindo
Espaço-tempo.

Bastaria
Um traço para
Lhe ordenar o
Caos.
Dar os rumos.
Mas segue,
Após tormentas,

Arrastando
Náufragos.
Num tempo
De sortilégios,
Chega ao mar.
E a tudo
Incorpora
Inexiste.

OUTONAL

Quando no outono, a tristeza desse coração desfolha,
lembre-se de cortejar o sol, o corpo nu,
para que se cumpra a promessa.
As abelhas mirins virão a nós, na preguiça dos dias.
"É tudo em vão", dirá a flor ao bicho que se espreguiça.

"Que o universo desse amor
seja o caminho de árvores,
veredas e buritizais".

Dorme no outeiro o coração do homem que duvida.
É tempo de espera, de recolhidas adivinhações.
Na solidão da floresta, densa é a noite,
melancólica a visão do dia.
Um jaboti assovia uma canção de ninar:
"Dorme nos meus braços
a flor violeta dos manacás".

É tempo de resinas e caules nus, vidas secretas
do caracol ensimesmado na carapuça.
As abelhas mirins fecham-se no tronco de uma palmeira.
Deixe que a lua projete a sombra dos mares,
desenhe um arco-íris na Garganta do Diabo.
Essas são as águas com que fazes a prece.
O orvalho com o qual inaugura todas as manhãs.
Molhe-o com teu rosto, ensine o perdão.
Não há mais tempo para o amor tardio.
A encenação das aves, inclinadas ao vento.
Recolhe-se o lagarto, o camaleão nas tendas.
O coração que se resguarda numa carapaça
para que o tempo se cumpra, outonal.

METAMORFOSE

A metamorfose é um processo
de mudança do ser para o não ser,
do ontem para o amanhã,
do nada para o agora
travestido de novo.

A metamorfose ocorre
durante a passagem
dos raios luminosos,
de um vago pensamento,
de lapsos, voos incertos.

O corpo se transforma.
os músculos, novos, exaltam
e a conformação corpórea
rompe o mundo antigo...
Crisálida que se aflora,
prateada de cor
a quem se olha...
Não é propriamente
um descaminho
essa procura que não se acha,
esse novo de eterna maravilha,
esse ganho de perdas.

A metamorfose é uma
meta(mor), fóssil cheio
de cores, feições e jeitos,
uma nova forma prevista,
que surpreende por ser nova,
única e indiferenciada.

A metamorfose da
borboleta-coruja,
Lepitoptera, foi
observada
pelos botânicos em
todo o país ou quase.
O camaleão que refestela
ao sol dos trópicos ou
a visão do acaso numa noite
de lua é pura metamorfose.

Ela está suspensa no vento,
no galho de manacá lilás
na folha da roseira.
Não há sol no azul que a
surpreenda, essa forma de vida
que se entrega ao mundo,
para seguir o que se determina
e que ela em formas refaz.

ESSA TERRA

Essa é a terra que do alto vejo
na extensão territorial,
que ultrapassa meus olhos
e ganha infinitude...
Pena que não sou Deus
para abarcá-la num só abraço,
com um passo apenas
a acolher nas mãos.

Só posso compor um poema
ao avistar tão ricas paisagens
– seus rios divididos na imensidão côncava;
nichos de cristais reluzindo
para dentro de si,
para dentro do seu povo
de espirituoso mistério.

NOS TRÓPICOS

Vênus.
Corpos nus
engendram
nas pedras
trópicos
tristes,
onde urubus
passeiam.
Cálida
manhã
em Vênus
em pecados,
sonha
Descartes
na redoma
no calor
da razão.
Tropicália
crisálidas
rompem
o sexo
ao vento.

Palmeiras
embalam
os corpos,
samambaias
enredam-lhes
na ciranda
de fogo.
Dançam
os girassóis
asas azuis,
espécies se
aninham
ao sol
oscilante.
Na imensidão,
um índio
saúda o vento,
preguiças
se entrelaçam
na embaúba.
Pés tocam
firme o chão,
dançam as
bromélias
sobrepostas
nas árvores
que resistem

ou tombam
ao chão de
musgos.
Ao longe,
uma orquestra
de Villa-Lobos
rompe a
paisagem:
nos trópicos,
em Vênus,
revela-se
o gozo
no limite
da tarde.

CICLO VITAL

E ela desprendeu de sua forma antiga.
Não o faria, se o poeta ali não estivesse,
solitário ao mirar o fortuito, o nada.
Ela revelou em espécie,
flor que avança na composição natural.
Irrompeu em êxtase.
Delicada, amarela, marrom,
em forma de sapato.
Outras na sua antiga forma virão,
em tempos outros, cumprir o ritual.
Romperão solitárias rumo ao ciclo
que as conduzem ao viço e à morte.

DESFAÇATEZ

A desfaçatez acontece até mesmo na natureza. Plantas que se travestem de outras, mais exuberantes e bem quistas. E vão tomando o lugar das donas do pedaço e, quando arrancadas, deixam para traz seus miudinhos para que possam germinar, crescer até serem arrancados novamente por mãos cuidadosas. O que lhes importa é que assim tiveram tempo e lugar, mesmo que na provisória permanência. Para, então, tecer o fio breve da existência, nem que seja para os seus e para o desagrado dos olhos azuis dos mortais.

PEDRA

Pedra que adormece no leito
Pouco mutante ao tempo,
De soberba, ali estacionada,
Sem poder ver e sendo vista.
Atraindo pra si o que o
O vento presenteia.
Se escamando, escamoteando.
Restos de vida, nova criação.

TRATADO DA NATUREZA

1 – Os bem-ti-vis usam os ninhos apenas para a reprodução. Depois do amor o abandono, onde agora saíras multicores fazem deles o refúgio preferido para o seu amor tardio.

2 – Elas, as formigas, carregam as flores e folhas aos pedaços. É de partir o coração!

3 – Um casal de bem-te-vi inseparável. No mesmo fio de alta tensão, próximos ainda ao ninho.

4 – As bananeiras crescem com urgência desmedida no verão. Nutrem de muita água das chuvas. Vergam em direção ao céu.

5 – Elas, as formigas, cortam as avenidas atrás de folhas tenras. Uma passarela de muita riqueza, e tristeza.

6 – Todas as árvores crescem de uma urgência desmedida no verão. Agora meu olhar acredita.

7 – Vou moldando a natureza. Não posso deixá-la sozinha seguir seu próprio instinto. É muito confuso!

8 – É no pequeno detalhe que estão as grandes significâncias. Um exagero do belo!

9 – A fêmea do Teiú dá luz na primavera. No verão, os filhotes se erram das matas e acabam revelando suas cores em outras moradas.

10 – Onde estarão as corujas que um dia povoaram meu inverno? Recolhidas no buraco da minha memória já contei umas três...

11- No começo do outono as árvores crescem e se embebedem com as águas da chuva. Só não as vejo crescer porque adormeço.

12 – O fruto da bananeira rompeu o ventre noutro dia. Na calçada de azulejos restaram flores coloridas de paixão.

13 – O roxo da bananeira é da flor ou do fruto? Para os insetos não existem cores na satisfação.

14 – O pássaro vermelho pousou ao lado da casa. Era tão lindo de ver que as folhas se juntaram, desavergonhadas, para me escondê-lo da vista.

15 – Espatifam-se na água, os pássaros brancos de paixão. Não muito longe, sob meu olhar duvidoso.

A AVE

(Para Baudelaire)

Atravessa o nevoeiro, estira-se ao sol
Para se aquecer, aquela que um dia
Perdeu o dom de voar e, desajeitada,
Bate pesadas asas, aflita.

Repousa nas cordas da embarcação,
Flexionando o dorso nu, num rompante
De mistério, de tão apaixonada
Ela que ao léu estava, triste amante!

Voz fúnebre da noite fria
Agora contorce, volta-se ao mar
Se ergue, aflita, do açoite.

As ondas vão, voltam. Balanço das velas.
Esperou esse dia para mergulhar, a ave
Que agora brilha, e era o sonho do mal

LOXOSCELES

Nesse espaço,
um facho de luz
se
instaura
e para sempre
revela:

Loxosceles

teia rendida
espaço em
que miras:
vespas noturnas,
coração de
náufrago.

OROBORO

"É preciso que se
cumpra um círculo.
Que aberto vá se fechar,
que ao frio ao fogo aquece
essa caminhada para
o fim do começo
até o infinito.

É preciso que se liguem
os pontos negros,
preencha o vazio.
Que ao sol se queima
essa jornada ao deus
ante o indefinido.

Um círculo que abre e fecha,
como fases fugidias
de ondas que deixam e levam
marfins, joias falsas,
arlequins flutuantes.
Que faz entrever o horizonte
o passado em brancas
nuvens, como na fotografia.

Um círculo que se alastra.
do tamanho apenas
dessa história,
no pretérito passado de
olhos vidrados.
Ao céu do Equador,
as luas em Horizon
fervilham nas galáxias.
Em sinuosa alegoria,
passam os pássaros de fogo.

É preciso que se cumpra,
um círculo que se abre
à memória do réptil ancestral.
Deixe entrevê-lo nas entranhas.
E se fechar ao mundo,
que é seu próprio universo,
como o oroboro, para que
nada chegue ao fim.

É preciso que se cumpra
um círculo que arde em fogo.
Que aberto, irá se fechar
que frio ao fogo será lançado,
para que queime e eternize,
nas vagas refletidas,
a memória do tempo.
– Um rosto apenas".

III
DO HOMEM

"Então ele a olhou e disse:
Poesia pra que?
Se não há o que ver...
Poesia pra ser?
Se não há o viver..."

RASTROS

Os olhos choram. No azul da montanha,
o mundo encurva, vai embora...
Amordaçado, vivo essa insânia,
rastejando o corpo desnudo nas ervas.
Levanto o meu grito, atingindo-o.
Fizeram-me da terra estrumada,
conduzindo boiadas,
abrindo porteiras.
Ao carreto de latas d'água; o corpo torto.

Vivi a aurora, a brisa,
toquei as folhas, os corpos, a fome.
Fizeram-me a suas maneiras,
pescando nas represas
argila no pensamento,
barro na cabeça.

Fizeram-me menino trancado, risonho,
num mundo extenso, quadrado,
sem brinquedos, que invento,
levando poeira dos caminhos
temente na chuva, meus monstros.

Fizeram-me sereno diante das coisas,
a observar a lua branca por estreitos
caminhos que me figuram a imaginação.
Fizeram-me com pés em espinhos, matas virgens,
animal a farejar o sonho... o trágico.
A partir e seguir rastros.

TIRO CERTEIRO

Da árvore
que chovia
assovios,
de vez em
quando
caía
um pássaro
em desaviso.
O velho de
espingarda
na mão,
grosso calibre,
disparava
o tiro certeiro.
Asas
partidas
cobriam
o chão.
O vermelho
me atirava
bem no fundo
dos olhos:
a sempre
mesma
tempestade
de sangue.

ASFALTO

No morro do avô,
a sombra do progresso
urbaniza o sonho.
Os gados mudam de rota
com o avançar das máquinas.
Guiadas, num vai e vem,
rompem a terra envidrada.
Abrem valas, nuvens de cascalho,
à vista da nova estrada.
Meninos perambulam
Por rios, praças, anotando placas...
Mercedes, Chevrolet, Ford, FNM...
De onde vieram, quem são?
De que paragens os brinquedos de lata?
Pequenos, desafiam leis, contorcem túneis...
Por debaixo das vias, ecoam falas.
É noite alta, só se ouve o canto
agourento do hora marcada.
Na cozinha de telha, o velho está só.
Atira a sequência das cartas:
É tempo de rei, dama, valete, espada!
Sorte lançada, o tempo veloz...
Automóveis rasgam florestas,
o carimbo marca a empreitada.
O velho a contar as burras...
Feliz, rumina, farejando o asfalto.

DESPEDIDA

Adeus ilusões perdidas,
dores desavisadas,
abrigos imemoriais,
capim de ribanceiras,
beijos roubados.
Minha sorte viaja de trem.
Adeus estações veladas
à distância, construções
de fumaça. Muros e bananeiras.
Destino incerto à beira
da estrada. Dormentes marrons.
Adeus canções do mato, louva-a-deus.
Sol de todos os amores,
cachoeiras que guardam segredos.
Arroubos de sonhos.
Na obscuridade dos mundos,
seguirei oculto, liberto,
O lobo caminha solitário.

Adeus bando de tanajuras,
mariposas, libélulas.
Bençāo dos rios, para sempre
minha sorte estará perdida.
Sonhos me ultrapassarão.

Bonde dos desejos imediatos,
velha construção que balança.
Adeus bancos da praça,
políticos desavergonhados,
alcoviteiras de plantão,
amores que não provei.
Dores que não amei.

Adeus querubins do mato,
troncos de angico, peixe desavisado.
Muros que não fecharam a vida,
estendida para a aventura, doce
morada de frutas suculentas, amadas.
Adeus fantasmas de beira de estrada,
segredos que a noite esconde
e finge que os mostra nas crendices.
Adeus imagens perdidas na memória
coração desnudado, de outros sonhos,
trem que parte lento na imaginação...

IMAGINAÇÃO

É nesse espaço
que imagino
o que não crio.
Do que é dado viver
no tempo infindo.
Nele, nada se espera
nem do silêncio
me aproximo.
Às vezes,
me assalta,
o coração aflito.
Na trama,
sem fim,
um peixe anarquista
se debate
contra a estrutura
de vidro.

E nesse espaço
que imagino
o que se cala
nos mercados,
sem vento,
tempestades,
desapercebido.

SOLIDÃO

A noite dorme
o sono das
andorinhas.
Rimbaud
dança o
sabá na
Abissínia.
Murilo
instaura
um piano
no caos.
Ouço na
primavera
o canto
do sabiá.
Estrangeiro
nessa terra
nem Pessoa
vem me
visitar.
Corruíra
morreu de
fome,
o leão,
de frio,

no Passeio
Público.
O Inverno
invade
as noites,
o sol dos amores,
degela
os corações.
De pedra
a estátua eterniza.
Na praça
o homem está nu.
Rins pulsantes...
Na cara
do Nosferatu
venta a noite
densa e fria.
Da janela
me abstraio
absinto
toda forma
de existir.
Quisera-me
agora
reunir
os sinos.
Tocar a sorte...

Assim,
adio
planos
de morte.
Algum desejo...
É quando
me entupo
de solidão!

NO ESPELHO

O que há no espelho senão
essa imobilidade inexata?
Infindo de eras delicadas,
quando se toca a lâmina
Narciso se antecipa ao tempo,
da contingência trágica.

Será o espelho o eu ou o outro?
A face que se desprende do corpo,
ao tocar a superfície lisa, rugosa...
Ele me olha e aponta:
o belo das incongruências,
das fatalidades expostas...

O espelho é o prelúdio da forma,
a antecipação do gesto.
Quando se transpõe a lâmina,
o rosto se compete. Aceita ou delata.
Na fria superfície reflete o esboço,
da alma abstrata.

Acaso, os ascetas miram-se no espelho
em seus cubículos de solidão?
O espelho é a vidraça. A rua, primeira
esquina do corpo, que se traveste
de desejos no próximo instante.

O espelho sou eu quando me visto
na pele provisória, incorporada;
quando ensejo me atirar num abraço
no vórtice dessa inconsciência.
Antes que restem as molduras,
a solidão na imobilidade da sala.

A ESCOLHA

Se esta bola que atravessa a rede pudesse parar se
os olhares pudessem recuperar a atenção desviada
a caminhada retroceder os passos talvez se pudesse
enxergar que nada seguirá o próprio destino se o
artilheiro amasse de verdade a bola sobre os pés se a
criança tropeçasse no brinquedo que cativa o animal
não farejasse mistérios talvez se pudesse amar mais
e odiar menos a escolha incerta se o beijo fosse
dado em paixões cinematográficas se a sala estivesse
pronta para o tocar das valsas as sandálias amarradas
para a conferência nas praças o tempo seria o das
aves mágicas, libertárias, mas se a escolha é a palavra,
a arte a invenção falsa, arbitrária, o que será do poeta
nessa noite tempestuosa e calma?

MÍNIMAS

A poesia me ensina:
amar alucina
essa assaz sina.

x

Longa noite esperei
para lançar feitiços
com dedos de piche.

x

Gaiola vazia.
Pássaro voa
sem direção
para comer
migalhas de pão.

x

O que me arruína em silêncio?
A ilusão desse
corpo solto no vento?

x

Úmidos quintais.
Construção de fumaça
É natural...
Que o dia se faça!

x

Quem, com teus olhos,
desenhastes o voo do pássaro,
o passo lento,
a despedida?

INVENÇÃO

A cor da água,
flui vaga, rosa,
(mente) pelas ruas,
indo soturna:
cor(ação).

A mola do mundo,
solta no caos.
Imprecisas retinas.

O corpo na cerca,
estendido no fio
de arame:
holo(caos)to.

Violetas,
violas
invento:

Um peixe anarquista no aquário!

DESEJOS

O que arde em brasa, desaquece,
esquece, na fervura que as horas exalam.
Sê tudo, pois que tudo passa:
o abraço fortuito, o gesto inesperado,
o desejo incontido numa noite enganosa.
Não se prende o instante
a não ser no sopro fatal da ternura,
numa oração ao vento
do corpo móvel na brancura dos dias.
É que não existe estrada aos que se ajustam
às metas, ao objetivo final da sorte.
É só um gozo alucinado para quem desperta.
Uma nuvem trovejante a quem se dobra.
Trejeitos! Sombra viva!
É o que és caminhante.
A lua te tem como única companhia,
será cúmplice e não te roubará a sorte.
O sol aquece os teus pulmões.
Irrespiráveis, dilata teus olhos a sombra lancinante.
Redemoinhos lhe alcançam o corpo na orgia.
Esquece, pois que nada restará.
A não ser o suor de suas têmporas,
a vontade desacreditada dos girassóis.

Viva o tempo das andorinhas,
o cursar dos antílopes em retirada,
A fome dos lobos que sobrevivem no Saara.
O pouco que lhe é concedido...
Absorva como água na chuva.
Sobeja, delira, enlouqueça!
Há espaço no tempo que se move aflito.
Repare como as nuvens estão arredias!
Como esse coração pulsa sem que lhe dê cordas, desejos...
A vida do inseto invalida a permanência, de tão curta?
Vale para quem a executa.
Não tenha medo da dúvida,
dos temporais, das formigas,
do amor que a tudo devora
pois que o instante não se fixa,
e Deus não escreve sua história na lama funda.
Com tintas escuras apenas lhe deu corpo e alma
e desejo para que cumpra a sua absurda aventura.

DOCE ILUSÃO

(Para Paulo Leminski)

Não se iluda

Não há vida

Sem morte

Felicidade

Sem remorso.

O que assopra

Fere. O que se

Alisa.

Não há sermão

Sem palavras.

Verdade

Sem dor.

O que alivia

Vacila.

O que alimenta

Mata.

É tudo uma questão

De cor, odor

Ou pirraça!

CASCA ATRAENTE

Estrutura interna
mole, osmótica.
Resina de frutas
maturadas
no carboreto.

Quando se sorve
a casca atraente,
o gosto amargo
resvala na boca:
feita antes do tempo.

Fábrica esta individual
que se constrói
a partir da casca,
juntando depois
o miolo, a semente.

O endoderme parece
ser a gema, quem
sabe apenas saliva.
Não importa o de
dentro se a
vidraça está limpa!

O OVO É O MUNDO

Clara.
No invólucro da
tua pousada, na mesa,
a idéia contida,
amarela, pasma...
A essência animal.

A liberdade que
rasga o mundo
a repousar mansa
no prato,
na prata.
No esmalte de
pura transparência.

Clara.
Proposta,
exposta,
a anti-vida,
viscosa morte
que se limita,
de forma vadia
nos dentes
dos comensais.

HUMANA CONJUGAÇAO

Malogrado
Subtraído
Convulso
Satisfeito
Combalido

Repulsivo
Sôfrego
Maldito
Solitário
Aturdido

Cavernoso
Malvado
Amoroso
Retraído
Bandido

Infernal
Malicioso
Religioso
Amante
Descontraído

Animal
Rapinoso
Vergonhoso
Maltrapilho
Amigo.

BREVE TESTAMENTO

Entrego meus pés ao primeiro pecador.
As mãos, calejadas, aos indefesos.
O que poderiam fazer com elas?
Meu sexo darei a quem muito amou.
Que mais faria senão doá-lo
A um amor maduro.
O umbigo dedico às mães.
Faria, à Freud, um retorno
A esse amor primeiro.
O tronco ao mar, aos rios,
O peito à falta de jeito, na luta,
Aos desmazelos da caminhada, incerta.
As pernas jogaria aos lobos.
Eles as querem!
A cabeça conservaria no formol,
Numa redoma. Para que os ideais,
As ideias ali fiquem, presos ao vidro.
Olhados com amor, terror ou desprezo.
Quem sabe até dirão: valeu à pena?
É noite e ofereço o tudo que tenho,
É só um corpo velado, arrumado...
Cumpriu seu destino?
Na dúvida, façam o que aprouver!

pólen soft 80 gr/m2
tipologia adobe caslon pro
impresso no outono de 2020